PAUL GINISTY

LES

IDYLLES PARISIENNES

AVEC UN FRONTISPICE

DE MADEMOISELLE

BLANCHE PIERSON

GRAVÉ PAR FÉLIX OUDART

PARIS
PAUL OLLENDORFF, ÉDITEUR
28 BIS, RUE DE RICHELIEU
1881

SAINT-OUEN (SEINE). — IMPRIMERIE JULES BOYER
(Société générale d'Imprimerie.)

LES

IDYLLES PARISIENNES

SAINT-OUEN (SEINE). — IMPRIMERIE JULES BOYER
(Société générale d'Imprimerie.)

PAUL GINISTY

LES
IDYLLES PARISIENNES

AVEC UN FRONTISPICE

DE MADEMOISELLE

BLANCHE PIERSON

GRAVÉ PAR FÉLIX OUDART

PARIS

PAUL OLLENDORFF, ÉDITEUR

28 BIS, RUE DE RICHELIEU

1881

DÉDICACE

DÉDICACE

J'ai pris pour métier d'aligner des lignes,
Courbé sur l'ingrat labeur du journal,
Et j'écris parfois des choses très dignes
Pour plaire aux bourgeois, amis du banal.

Mignonne, voici des lignes encore,
Mais — ne le dis pas, on est si moqueur ! —
Soumises aux lois du rythme sonore,
Elles sont du moins d'égale longueur !

PROMENADE SENTIMENTALE

PROMENADE SENTIMENTALE

Pour qui sait les trouver, il est, en plein Paris,
Des petits coins charmants, mystérieux, sauvages,
Qui, pour bien abriter deux amants très épris,
Valent, ô mon cher cœur, les plus lointains rivages.

Nous les découvrirons, et tu feras des cris
De surprise, en voyant chacun de nos voyages
Te montrer des décors exquis, discrets, fleuris,
Où l'art civilisé n'a pas mis ses ravages;

Et tu t'étonneras qu'à côté de chez nous,
On ait laissé pour nos amours des nids si doux,
Si près des boulevards et du cœur de la ville ;

Et nous rirons, pensant que, seuls peut être encor,
En ce siècle de prose, en ce siècle butor,
Nous faisons triompher effrontément l'idylle !

LA PETITE DANSEUSE

LA PETITE DANSEUSE

Elle a treize ans : elle est petite, et toute frêle.
Des yeux très noirs, brillant d'un éclat maladif,
Illuminent ses traits, dont la pâleur révèle
Malgré son doux sourire, un poème plaintif

De souffrances d'enfant et de douleurs de femme.
Ses cheveux blonds, serrés dans un cercle doré
Qui reluit au soleil ardent comme une flamme,
Retombent sur son cou délicat et nacré.

Elle n'est pas jolie : elle a pourtant le charme
Étrange de ces fleurs qui naissent au hasard;
Mais, naïve et n'ayant pour séduire aucune arme,
C'est presque sa beauté que de plaire sans art.

Car elle ne sait, pour toute coquetterie,
Que le salut banal de son pauvre métier,
Quand sur la corde lisse, au danger aguerrie,
Elle envoie un baiser aux badauds du quartier.

Son maillot, dessinant une jambe très fine,
Pauvrette ! est reprisé partout et n'est plus bon,
Et, malgré le besoin de dormir, l'on devine
Bien des soirs au travail passés sur son jupon.

Elle ne reçoit rien de l'argent des recettes,
Et même on l'a battue, une fois, pour avoir,
Un dimanche, acheté deux sous de violettes.
—C'est ce qui fait qu'elle a, près de l'œil gauche, un noir.

MADRIGAL

2

MADRIGAL

Les vulgaires parfums, sans charme et sans péril,
Sont fugitifs, et l'air les fond et s'en empare ;
Mais il en est aussi qui, d'essence plus rare,
Gardent discrètement leur arome subtil.

Rien ne peut les détruire, et rien ne les attaque,
Leurs exquises senteurs ont d'éternels retours,
Et le sachet de soie ou le coffret de laque
Qui les a contenus, les contiendra toujours.

Ainsi, c'est mon désir que ces vers où se berce
Mon âme, ou pour toi tout entière elle se verse,
Gardent à tout jamais un parfum amoureux,

Afin qu'un jour peut-être, étant triste ou lassée,
Le souvenir des jours où nous étions heureux,
Embaume, pour une heure encore, ta pensée.

LA DÉCLARATION

LA DÉCLARATION

Au Bois. C'est le matin, un beau matin d'automne.

Sous le petit vent sec et déjà frais qui donne
Par instant des frissons aux arbres dépouillés
Et par qui les sentiers étroits sont balayés,
A l'heure où le soleil paresseux de novembre
Montre à peine le bout de son nez couleur d'ambre
Miss Christina galope à côté du cousin
Edwards, un grand dadais, laid comme un jeune oursin.

Elle porte à ravir son amazone grise,
Et, plus jolie encor sous l'air vif qui la grise,
Elle excite à plaisir sa docile jument.

Le cousin, gauche et lourd, la suit plus lentement.
Lui d'ailleurs, il est triste. Il songe qu'il adore
Sa cousine moqueuse et folle, et qu'il ignore
Le moyen d'attendrir ce cœur de dix-sept ans.

Christine emplit le bois de rires éclatants.

« Eh bien, dit-elle, Edwards, vous restez en arrière ! »

Et, campée sur sa selle, elle l'attend, très fière
D'être arrivée au bout de l'allée avant lui.

« Vous êtes un mauvais cavalier aujourd'hui,
Qu'avez-vous donc ? »

Le pauvre amoureux se rapproche,
Et très ému, baissant le front sous ce reproche :

« Vous savez bien à quoi je pense, répond-il.
— Ah ! si ce n'est que ça, fait-elle, le péril
N'est pas grand ! »

Et rendant les rênes, elle enlève
Son cheval, qui s'envole aux « hop ! » de sa voix brève,
Laissant, pour la centième ou la millième fois,
La déclaration se perdre dans le Bois !

L'OUVREUSE

L'OUVREUSE

Robe verte. Bonnet rose. Tablier noir.
Pendant l'acte, tandis qu'on rit ou que l'on pleure,
Impassible, attentive uniquement à l'heure,
Elle tricote, assise au milieu d'un couloir.

Que la vertu triomphe ou que le héros meure,
Victime d'un amour fatal et sans espoir,
Pour elle, puisque rien ne saurait l'émouvoir,
La pièce la plus courte est toujours la meilleure.

Un timide amoureux parfois lui fait porter,
Pour une figurante étique et peu vêtue,
Quelque billet, brûlant d'une flamme ingénue,

Glissé dans un bouquet qu'on n'ose pas jeter,
Et pensive, elle songe avec mélancolie
A ceux qu'on lui portait — quand elle était jolie!

LE JOUR DES MORTS

LE JOUR DES MORTS

Le jour des Morts, le Cimetière
N'appartient plus aux affligés,
Et toute douleur un peu fière
Se fait des loisirs obligés.

Il est aux passants, à la foule
Des curieux et des oisifs
Qui chante, plaisante ou roucoule
Sous les cyprès et les vieux ifs.

Comme si dans les hautes tombes
Nulle grande ombre n'habitait,
Comme si de chères colombes
Ne dormaient au nid qui se tait!

Ce jour-là, le peuple se porte
Aux caveaux des défunts connus,
Et regarde à travers la porte
Des monuments très bien tenus.

On voit des pères fort pratiques
Qui saisissent l'occasion
Pour formuler quelques critiques,
En guise de conclusion,

Contre ces fous qu'on nomme artistes,
Passant la vie en rêves creux,
Tandis qu'eux, épiciers-droguistes,
Ont des fonds, et vivent heureux.

Des jeunes gens, malgré la bise,
Avec l'amour pour compagnon,
Viennent au tombeau d'Héloïse
Et d'Abeilard graver leur nom.

Les fossoyeurs que l'on rencontre
Vous font les honneurs de chez eux,
Et plus d'un, très poli, vous montre
La « concession » de vos vœux...

...Mais une qui pleure, froissée,
Du bruit qui trouble le chemin,
S'enfuit de la fosse glacée
Et dit : « O cher mort, à demain! »

COULISSES

COULISSES

Pendant qu'en toute hâte on pose le décor,
Les danseuses, ôtant le châle qui les voile,
Font frissonner au gaz leurs cent paillettes d'or,
Et s'essayent, avant le lever de la toile.

La scène se remplit d'étiques figurants,
« Grands d'Espagne » suant terriblement la dèche.
Des pages en maillot se groupent sur deux rangs,
Et quelqu'un, en passant, dit : « Ça sent la chair fraîche ! »

Avec un vieux monsieur, très laid , mais fort bien mis
Cause, près d'un portant, côté cour, l'ingénue
Dont l'innocence, au bout de l'acte, est reconnue,

Et dans son coin obscur, les yeux presque endormis,
Confident malgré lui de ces propos sans masque,
Un pudique pompier en rougit sous son casque!

LES « BOURSIÈRES »

LES « BOURSIÈRES »

Les légendes des temps antiques
Nous rapportent que nos aïeux
Eurent des femmes peu pratiques
Qui les aimaient... pour leurs beaux yeux !

Ces bonnes filles, ces « grisettes »
N'avaient pour but que s'amuser,
Et ces Mimis et ces Musettes
Faisaient quelque cas d'un baiser.

Peu fortes en arithmétique
Elles ne songeaient pas aux gains
En jetant leur bonnet rustique
Par-dessus beaucoup de moulins.

En leur parlant report et primes
On les eût fait mourir d'ennui...
A moins d'exemples rarissimes
C'est très différent aujourd'hui.

Aujourd'hui, nos belles-petites
Connaissent la valeur des cours,
Quand le Florin a des mérites
Et lorsque les *Lombards* sont lourds !

Elles calculent à merveille
Si la *Rente* pourra monter
Et, tout autant qu'à la Corbeille,
Savent quand il faut *acheter*.

Elles trouvent Murger « trop triste ».
Et croyant aux feuilles *ad hoc*
Préfèrent le *Capitaliste*
Aux romans de feu de Paul de Kock !

MAISON A LOUER

MAISON A LOUER

La petite maison, où rit tout à l'entour
Dans le lierre touffu la blanche clématite
Et qui fut le discret témoin de notre amour,
Où sur les murs, où sur la pierre qui s'effrite

Sur les vieux bancs tremblant au milieu de la cour,
Notre vie à tous deux un moment s'est écrite,
Elle est vide toujours, personne ne l'habite,
Depuis que nous l'avons abandonnée, un jour.

Un écriteau banal pend à cette fenêtre
Où souvent le matin, déchirant les cieux gris,
Nous surprenait, à l'heure où s'éveille Paris.

O très dignes bourgeois qui, dès demain, peut-être,
Louerez ce toit où nos baisers se sont mêlés,
Respectez-le, ce nid d'amoureux envolés !

L'ORAISON FUNÈBRE

DE

FANFRELUCHE

L'ORAISON FUNÈBRE

DE

FANFRELUCHE

Écuyers et clowns, pas un ne manquait.
La troupe était là, debout, tout entière.
Sur la bière neuve on mit le bouquet
Posé sur le char jusqu'au cimetière.

Puis on entendit ies cordes grincer
Le long du cercueil et ce choc suprême,
Lorsque jusqu'au fond on l'a fait glisser.
Ce drame banal est toujours le même...

Un brouillard, le froid brouillard de Paris,
Tombait en vapeur fine, et les allées
De cyprès, perdus dans l'horizon gris,
Confondaient leurs croix et leurs mausolées.

Alors sur la fosse ouverte, penché,
Le doyen du Cirque, un vieil acrobate,
D'un air très ému s'étant approché,
Fit ce discours — tel que je le relate :

« Non! nous ne pouvons te laisser partir,
« Estimable mort qui fus notre gloire,
« Sans un mot d'adieu, sans faire sentir
« Combien l'art devra chérir ta mémoire!...

« Son maillot était couleur chai[illegible] c
« Des papillons noirs semés sur la soie;
« Il était si long, si maigre et si sec
« Que rien qu'à le voir on était en joie!

« Oh! comme il savait porter le toupet
« Traditionnel, en crin rouge et jaune,
« De quel geste exquis il le retapait!
« Ce toupet modèle était long d'une aune,

« Sa figure était grotesque à ce point
« Qu'il ne se « faisait » presque pas la tête!
« Lorsqu'on se disait : le voici qui point!
« Le rire éclatait en folle tempête....

« Il éclipsait tout, comme le soleil
« Éclipse la lune et les autres astres;
« Ses bouffons lazzis d'un goût sans pareil
« Causaient des malheurs sur les épigastres!

« Aucun ne savait aussi bien que lui
« Tomber à plat ventre en pleine poussière.
« Ni d'un air plus digne et sans moins d'ennui
« Recevoir des coups de pied au derrière.

« Ah ! j'en ai reçu, de ces coups de pied,
« Moi qui parle ici, beaucoup dans ma vie.
« Mais sa grâce, à lui, qui n'a copié
« Personne de nous, me faisait envie !.. »

A ces souvenirs des anciens succès
L'orateur ne put retenir ses larmes,
Il leur donna donc un instant accès
Et du clown défunt reprenant les charmes :

« De tout son public, titis et gommeux,
« Il était l'idole et la coqueluche ;
« Chaque nouveau tour, toujours plus fameux,
« Arrachait les cris : « Hurrah, Fanfreluche ! »

« Ah ! ma pauvre vieille ! Et crac, un beau jour,
« Tout à coup, avant que le maillot s'use,
« Bonsoir ! C'est fini, c'est à votre tour
« De partir là-haut voir si l'on s'amuse...

« Adieu donc ! Pour lors, nous jouerons sans toi !
« Rentrons, mes enfants, la pluie est malsaine.
« On s'enrhume vite à suivre un convoi.
« A ce soir, pour la *Pyramide humaine.* »

POTICHE JAPONAISE

POTICHE JAPONAISE

Yori-Mato, damjo de Ségoun, qui commande
A trois mille guerriers nobles, et qui descend
De Kami, la déesse aux yeux en amande,
Pleure comme une femme, et s'en va, gémissant.

La cruelle Taki rit en voyant sa peine,
Car c'est elle qui rend le damjo languissant,
Et les poignards fixés dans ses cheveux d'ébène
Sont moins durs et moins froids que son rire perçant

Yori tombe accablé près de la belle, en larmes,
Et dit : Si tu ne veux pas m'aimer, ô Taki,
Je vais m'ouvrir le ventre et périr de mes armes !

Et Taki, de sa bouche ironiquement rose
Lui répond : « A Nippô, près de Nangasaki,
« Un chef est déjà mort pour moi. Cherche autre chose ! »

DIMANCHE D'ÉTÉ

DIMANCHE D'ÉTÉ

—

PANTOUM

—

Le beau dimanche que voici !
Tout Paris s'enfuit vers les gares.
Nous, mon cher cœur, restons ici,
Évitons ces folles bagarres !

Tout Paris s'enfuit vers les gares,
Les wagons sont pris à l'assaut...
Évitons ces folles bagarres.
Notre bonheur n'est pas si sot !

Les wagons sont pris à l'assaut.
Un coup de sifflet ! le train roule...
Notre bonheur n'est pas si sot :
Les amoureux craignent la foule !

Un coup de sifflet ! le train roule !
Les bons bourgeois poussent des cris...
Les amoureux craignent la foule,
Perdus dans leurs rêves fleuris !...

Les bons bourgeois poussent des cris,
Oh, Parisiens du dimanche !...
Perdu dans mes rêves fleuris,
Que ma soif de baisers s'étanche !

Oh ! Parisiens du dimanche,
Emplissez les grands bois ombreux....
Que ma soif de baisers s'étanche,
Être avec toi, c'est être heureux !

Emplissez les grands bois ombreux,
De vos gaietés que rien ne change !...
Être avec toi, c'est être heureux,
Aujourd'hui, rien ne nous dérange.

De ces gaietés que rien ne change,
Nous, mon cher cœur, n'ayons souci !
Aujourd'hui rien ne nous dérange,
Le beau dimanche que voici

UNE CHUTE

UNE CHUTE

I

Etourdie un instant par le bruit des bravos,
Volupté cependant déjà souvent goûtée,
La petite écuyère est tombée — et jetée
Contre terre, est restée, exsangue, sur le dos.

Le sang tache à présent sa robe pailletée
Qui couvre de ses plis les oranges, cadeaux
Que lui jetaient encore à l'instant les badauds.
On se tait. La musique aussi s'est arrêtée.

Cependant, on l'emmène enfin hors du public
Et pour faire oublier l'impression pénible
Un long clown, au toupet en pointe comme un pic.

S'élance d'un seul bond dans l'arène, et risible
Dans son flegme, correct, superbe, convaincu
Reçoit d'un air charmé des coups de pied au cul!

LA FONTAINE DE MÉDICIS

LA FONTAINE DE MÉDICIS

Tout au bout de Paris, là-bas, au Luxembourg,
Je sais un petit coin divin, plein de mystère.
Un plus épais feuillage y tamise le jour,
Aucun bruit : tout y vient s'apaiser et se taire.

L'eau coule lentement, comme avec un regret
De troubler ce silence et cette solitude
Sur les marches du temple, exquisement discret
Où s'aiment, oublieux de toute inquiétude,

La nymphe Galatée et son amant Acis.
Le Cyclope a bien l'air un peu croquemitaine,
Mais, depuis si longtemps qu'il fronce les sourcils
Il n'effraye que les oiseaux de la Fontaine.

Par un de ces charmants et frais matins d'été
Où votre affreux jaloux se montrera bon prince,
Venez : nous y pourrons causer en liberté,
Le Luxembourg ! c'est loin ! c'est déjà la province.

Et je sens que, devant ce décor fait pour nous,
J'aurai pour vous convaincre une telle éloquence,
Je trouverai des mots si caressants, si doux
Et d'une si profonde et folle extravagance

Que s'il entend aussi seulement la moitié
De ce que je dirai pour peindre combien j'aime,
Je suis sûr de tirer des larmes de pitié
Au monstrueux géant de bronze Polyphème !

LE VIEUX CLOWN

LE VIEUX CLOWN

Le vieux clown qui jadis émerveilla la foule
Et qui fit les beaux jours du Cirque Franconi,
Dont ses reins trop peu sûrs et l'âge l'ont banni,
Suit la troupe foraine à présent. — Comme on roule

Beaucoup, et que le temps en voyages s'écoule,
Ces étapes sans fin ne l'ont pas rajeuni !
Blanc, cassé, malhabile, hébété, racorni,
Ce n'est plus de bravos maintenant qu'il se saoûle !

Regrette-t-il l'acier souple et fort de ses os,
Songe-t-il au public qu'il rendait fou de joie,
A son étincelant maillot de rouge soie

Avec un papillon noir au milieu du dos,
Qu'il parcourt d'un air si morne l'étroite enceinte ?....
— Il cherche qui ce soir lui paiera son absinthe.

ORIENTALE

ORIENTALE

Par caprice, voici que la Parisienne
A tourné ses regards rêveurs vers l'Orient,
Et, comme se transforme une magicienne,
S'est faite la sultane exquise, en souriant.

Sur ses cheveux, avec une grâce païenne,
Un merveilleux turban se pose, mariant
Sa couleur vive aux plis lourds de l'étoffe ancienne
De sa large tunique, autour d'elle ondoyant.

Sur le sopha couchée, indolente et superbe,
Vers le poète qui vaut pour elle un brin d'herbe
Elle jette ses yeux distraits, pleins de langueur,

Mais si l'ode lui plait, malgré ses airs farouches,
Elle lui permettra, quittant toute rigueur,
De baiser la poussière où posent ses babouches !

GAÎTÉS FORAINES

GAÎTÉS FORAINES

PARADE

Si vous craignez le bruit, bouchez-vous les oreilles !
Vive la Foire, avec son immense clameur !
Notre pitre aujourd'hui se trouve en belle humeur,
Et nous vous promettons d'abord monts et merveilles !

C'est ici, c'est ici ! qu'on nous fasse l'honneur
D'entrer, et l'on verra des choses sans pareilles :
Femmes géantes, clowns marchant sur des bouteilles,
Somnambules vendant au rabais le bonheur.

Ours et singes savants, nains, avaleurs de sabres,
Déesses au menton barbu, déesses glabres,
On peut toucher ! (chez nous tout est argent comptant!)

Jeunes beautés cassant des pierres sur leur ventre,
C'est ici ! c'est ici ! L'on entre, on entre, on entre !
On ne paye — en sortant — que si l'on est content.

II

PAILLASSE

Muse du vieil esprit, Muse des carrefours
Qui vas réjouissant la bonne populace,
Arrête-toi, salue ici le grand *Paillasse*,
Vieilli peut-être, mais notre maître toujours

Acrobates, danseurs, marchands, videz la place !
Allez porter plus loin votre adresse et vos tours,
Et nous, Muse, écoutons les merveilleux discours
Du divin pître à la perruque de filasse !

Il parle : chaque mot est un nouveau lazzi :
Il éblouit jusqu'à son compère Cassandre,
Correct dans son habit pailleté gris de cendre.

La foule bat des mains au calembour saisi
Au vol, et se gagnant par un choc électrique,
Le rire monte au ciel bruyant, large, homérique !

LUNE DE MIEL

LUNE DE MIEL

Appuyés tous les deux sur le balcon gothique
Où, dans la pierre et dans le marbre, sont sculptés
Des oiseaux et des nains au profil fantastique,

Et qu'entoure le lierre épais de tous côtés,
Les mariés d'hier, penchés sur la campagne,
Regardent le couchant plein de rouges clartés.

C'est pour ce grand château très ancien de Bretagne
Qu'ils se sont enfuis loin de Paris, tous les deux,
Pour être seuls et sans que nul les accompagne....

Autour d'eux tout se tait, et l'air mélodieux
Leur apporte, fondus en une gamme douce,
Les bruits lointains, venant des bois mystérieux.

Ils songent: sur le vieux balcon couvert de mousse,
Ils sentent, enlacés, trembler souvent leurs doigts
En suivant le courant où le rêve les pousse...

Encore tout émue et fière de son choix
Elle a, près de l'époux chéri, la joie immense
Dont le cœur ne s'emplit à ce point qu'une fois.

Lui, cependant — banale et douce confidence —
Laissant un long frisson dans ses veines courir
Dit tout à coup, rompant à la fin le silence :

Sais-tu, mon petit cœur, que je t'aime à mourir ?

POSTE RESTANTE

POSTE RESTANTE

Le visage couvert d'un voile très épais
Qui ne cache pourtant pas assez bien ses traits
Qu'on ne sente qu'elle est charmante — elle se glisse,
Furtive, resserrant sur elle sa pelisse,
Dans le bureau de poste, et gagne, d'un pas sûr,
Tout au fond de la salle, un guichet très obscur
Où trône un employé coiffé d'une calotte.

Une odeur de moisi, de cire, d'encre, flotte

Dans l'affreux bureau sombre et triste, où tout à coup
Elle met le parfum exquis de son froufrou.

Elle s'approche, et dit, un peu vite, à voix basse,
Se faisant pour ce vieux tout charme et toute grâce,
« Madame X. Y. Z. .. avez-vous, s'il vous plait ?... »

L'employé continue à travailler, distrait,
N'entendant pas, ou bien ne voulant pas entendre.

Elle reprend alors, plus caline et plus tendre,
Comme s'il lui fallait attendrir un dragon,
Car ce fonctionnaire est diablement bougon :
« Monsieur, pour une lettre.... X. Y. Z ?... »

Il ouvre
Un petit casier qu'un gros registre recouvre,
Puis d'un ton brusque : « Rien ! »

— Vous êtes bien sûr ?

— Rien !

« Ah ! pense-t-elle, Edmond, Edmond, ce n'est pas bien
De me manquer ainsi de parole ! » — et très triste,
Elle songe que l'homme est un être égoïste.....
Justement, son affreux jaloux qui s'en allait
Pour deux jours ! Mais voilà ! vraiment, c'était bien fait !
Pourquoi l'aimer, ce fou, qui la trompait sans doute
Pour n'avoir pas écrit un mot, coûte que coûte !
Oh ! que les femmes sont stupides, quelquefois,
Se dit-elle, de croire en ces méchants, adroits
A vous tourner la tête et le cœur ! — Un caprice
Et voici qu'ils font fi du plus grand sacrifice !
Ah ! les hommes !

Tandis qu'elle s'en va, donnant
L'espèce humaine au diable, et sombre, et raisonnant
Sur l'instabilité des choses de ce monde,
L'employé tout à coup, d'une voix furibonde,
La rappelle, et, montrant un billet cacheté
Qu'il a négligemment sur la table jeté :
« X. Y. Z. ? Tenez, la voilà, votre lettre ! »

Elle la prend bien vite : un sourire vient mettre
Un rayon de soleil sur ses traits chiffonnés,
Et, la flairant avec son joli petit nez :
« Ah! dit-elle, en ouvrant le papier couleur crème,
Que j'avais donc raison de bien croire qu'il m'aime ! »

« REMEMBRANCE »

« REMEMBRANCE »

Pourquoi ce souvenir me vient-il aujourd'hui,
Presque triste, vraiment ? Qu'êtes-vous devenue?
Êtes-vous donc tout à fait heureuse? Qu'est celui
Qui vous a ? Comment donc vous a-t-il obtenue ?

Dites, comme le temps, n'est-ce pas, s'est enfui ?
Et comme il creuse, avec sa lime continue,
Dans notre cœur ! Tenez, un jour, un jour d'ennui
Rappelez-vous un peu la plage bien connue;

Trouville ! C'est la fin de l'été. Le grand vent
Qui souffle rend la mer furieuse, et devant
Nos yeux se vont briser avec fracas les lames !

Le bruit des flots étouffe et nos voix et nos pas,
Et pour faire l'aveu qui brûle nos deux âmes
Je me mets à crier ces mots qu'on dit tout bas !

DÉBUT EN PROVINCE

DÉBUT EN PROVINCE

On a sifflé. Tout est fini. Que d'espérances
Ont fait fuir ces clameurs de féroces bourgeois !
Le vieux comédien cache en vain ses souffrances
En grimaçant un rire orgueilleux et narquois.

Mais son cœur, malgré tout, est plein d'horribles transes,
Les arrêts du public sont de bien dures lois !
Ces haines sans motif et ces indifférences
Qui se mêlent aussi bientôt aux autres voix

Font, cette fois, mourir de faim le pauvre diable
Coupable d'être laid ou de parler du nez. —
Cependant un ami se montrant pitoyable

Et le plaignant, il prend des airs très étonnés,
Et dit, avec l'aplomb que rien ne désarçonne :
« Ah, si vous m'aviez vu, mon cher, à Carcassonne ! »

RÉALISME

RÉALISME

La salle d'autopsie est vide. — Le garçon,
Que rien ne presse, range, avec indifférence,
L'amphithéâtre, après l'heure de la leçon,
Et lave le parquet, d'où sort une odeur rance.

Tout en sifflant, d'un air bonhomme, une chanson
Il s'approche, tenant son seau plein d'eau par l'anse,
D'un cadavre qu'il prend par le bras sans façon,
Et retourne, dans sa tranquille nonchalance.

Le corps qu'a respecté le scalpel est celui
De quelque fille morte à l'hôpital d'ennui.
Une plaie a rongé la poitrine et la tête.

Et le garçon scrutant de ses yeux connaisseurs
Ces chairs flasques, déjà couvertes de noirceurs,
Dit : « Voilà ce que c'est que d'avoir fait la fête ! »

EFFET DE ROSE

EFFET DE ROSE

POUR UNE ÉTOILE D'OPÉRETTE.

Ce peignoir tout rayé de rose
Me revient sans cesse à l'esprit,
Et depuis — j'en suis fort contrit —
Je ne puis songer d'autre chose

Que de ces grands nœuds de satin
Qui voltigeaient autour des manches
D'où s'échappaient vos mains trop blanches
Pour que les touche un cabotin,

Que de ces plis clairs sur l'épaule
Où le tissu, presque indiscret,
Laissait deviner le secret
Des chatoyants trésors qu'il frôle.

Tombant tout d'abord à genoux,
J'allais vous dire : O Colombine!
Sachez que vous êtes divine
Et que je meurs d'amour pour vous!

Quand, voyant cette longue traîne,
Que vous portez si fièrement
En jetant l'éblouissement
Avec vos airs de souveraine,

Marquise! pensai-je, parbleu!
Voilà le seul nom qui la touche.
Le mot me resta sur la bouche :
Ce qui vous sauva d'un aveu.

Vous me parliez sans trop de haine
Et de manière à me troubler,
Pourtant je vous laissais parler
Et je vous répondais à peine.

C'est que dans l'ombre où nous étions
Perçait une lueur furtive,
Et ces bandes d'étoffe vive
Me semblaient autant de rayons !

FIN DE SPLEEN

FIN DE SPLEEN

Voici que déjà la terre tressaille
En sentant son flanc tout près de s'ouvrir,
Et bientôt naîtront de chaque crevaille
Des flots de gazon qui s'en vont fleurir !

Le printemps, soufflant dans un brin de paille,
Fait signe aux oiseaux joyeux d'accourir,
Voici de nouveau que chaque broussaille
A grands coups de bec va se conquérir.

Voici le réveil attendu, — la vie !
Quels cœurs affligés n'auraient pas envie
De renaître aussi, las de leurs douleurs?

Oublions gaîment la chimère morte,
Et vous, souvenirs, vers, lettres en pleurs,
Que le dernier feu d'hiver vous emporte!

TABLE

117-81.— Paris. — Imprimerie JULES BOYER (Société générale d'Imp.)

www.ingramcontent.com/pod-product-compliance
Ingram Content Group UK Ltd.
Pitfield, Milton Keynes, MK11 3LW, UK
UKHW020345230726
13925UKWH00003B/970